Collection du Cte Bened. V., de Venise.

CATALOGUE

D'OBJETS D'ART

ET DE CURIOSITÉ

Meubles d'Ébène; Tapisserie de Beauvais; Ivoires & Bois sculptés;
Marbres; Bronzes italiens, Plaquettes, Bas-Reliefs & Figurines;
Faïences & Porcelaines; Verrerie de Venise; Armure d'Enfant;
Miniatures & Tabatières, etc., etc.;

DOUZE CENTS MÉDAILLES DES XVe & XVIe SIÈCLES

MONNAIES FRANÇAISES ET ÉTRANGÈRES

DONT LA VENTE AURA LIEU

HOTEL DROUOT, SALLE N° 1

Les Lundi 22, Mardi 23 & Mercredi 24 Mai 1865

A DEUX HEURES.

M• DELBERGUE-CORMONT, Commissaire-Priseur,
rue de Provence, 8,
EXPERTS : MM. ROUSSEL, rue de la Victoire, 20,
— ROLLIN et FEUARDENT, rue Vivienne, 12,
Chez lesquels se distribue le présent Catalogue.

EXPOSITION PUBLIQUE

Le DIMANCHE 21 Mai 1865, de une heure à cinq heures.

PARIS

RENOU & MAULDE

IMPRIMEURS DE LA COMPAGNIE DES COMMISSAIRES-PRISEURS
Rue de Rivoli, 144

1865

CONDITIONS DE LA VENTE

Elle sera faite expressément au comptant.

Les Acquéreurs paieront, en sus du prix d'adjudication, CINQ CENTIMES par franc applicables aux frais.

Collection du C. Bened. V., de Venise.

CATALOGUE

D'OBJETS D'ART

ET DE CURIOSITÉ

Meubles d'Ébène; Tapisserie de Beauvais; Ivoires & Bois sculptés;
Marbres; Bronzes italiens, Plaquettes, Bas-Reliefs & Figurines;
Faïences & Porcelaines; Verrerie de Venise: Armure d'Enfant;
Miniatures & Tabatières, etc., etc.;

DOUZE CENTS MÉDAILLES DES XVe & XVIe SIÈCLES

MONNAIES FRANÇAISES ET ÉTRANGÈRES

DONT LA VENTE AURA LIEU

HOTEL DROUOT, SALLE N° 1

Les Lundi 22, Mardi 23 & Mercredi 24 Mai 1865

A DEUX HEURES.

Me DELBERGUE-CORMONT, Commissaire-Priseur.
rue de Provence, 8,
EXPERTS : MM. ROUSSEL, rue de la Victoire, 20,
— ROLLIN et FEUARDENT, rue Vivienne, 12,
Chez lesquels se distribue le présent Catalogue.

EXPOSITION PUBLIQUE

Le DIMANCHE 21 Mai 1865, de une heure à cinq heures.

PARIS

RENOU & MAULDE

IMPRIMEURS DE LA COMPAGNIE DES COMMISSAIRES-PRISEURS
Rue de Rivoli, 144

1865

DÉSIGNATION
DES OBJETS

Meubles.

1 — Grand et très-beau cabinet d'ébène posé sur sa console à colonnes torses et à tiroirs; les portes pleines sont ornées de panneaux sculptés, en bas-relief, d'une grande finesse d'exécution. Outre la niche centrale couverte de marqueterie de bois de couleurs, l'intérieur est divisé en quatorze tiroirs. Le meuble est finement gravé et ornés de moulures ondulées dans toutes ses parties.

2 — Grand fauteuil Louis XIV.

2 *bis* — Etagère en bois de rose, Louis XV.

3 — Deux guéridons en noyer.

Bronzes Italiens.

4 — Vase à deux anses formées de cariatides; le pourtour est orné de Génies en reliefs soutenant des écussonst les pied et le reste du vase sont ornés de feiullages et d'imbrication. — Pièce très-élégante du XVIe siècle.

5 — Encrier formé par une figure de satyre accroupi, portant un tronçon d'arbre, sur base triangulaire, ornée de feuillages. — Bronze doré du XVe siècle.

6 — Satyre agenouillé formant flambeau. — Ouvrage du XVe siècle.

7 — Petite lampe formée par une tête moresque couronnée de pampres.

8 — Mercure debout, d'après Jean de Bologne, sur socle d'albâtre, oriental.

9 — Autre Mercure, d'après le même artiste. Bronze doré posant sur une sphère ornée de mascarons.

10 — Deux petits modèles de pièces d'artillerte de la fin du XVIe siècle ; bronze doré.

11 — Martyre de Saint-Pierre-Dominiquin, d'après le célèbre tableau du Titien ; bas-relief doré, très-finement ciselé.

12 — Neuf figurines diverses du XVIe siècle. Ce lot sera divisé.

13 — *Quatre-vingts bas-reliefs* et *plaquettes* d'orfèvres du XVe et XVIe siècles. Ce lot sera divisé.

————

14 — Petite boîte ovale, entièrement couverte d'ornements, de style arabe, ciselés en reliefs.

15 — Une aiguière arabe, de bronze doré.

16 — Quatre coupes ou bassins (Arabes et Persans) couverts d'ornements ciselés et gravés.

————

17 — La Vénus de Milo.—Réduction très-finement ciselés.

Ivoires et Bois sculptés.

18 — Grand vase, forme calice, à couvercle, ouvrage de tour du temps de Louis XIII.

19 — Deux autres vases plus petits, d'un travail analogue.

20 — Petit crucifix en ivoire.

21 — Deux autres crucifix en bois.

22 — Petite croix de bois de cèdre, ornée sur les deux faces de petits sujets de la Passion. — Travail des moines du Liban, très-fin d'exécution.

23 — Jésus montant au ciel, entouré de ses disciples, très-haut relief de neuf figures.

24 — Jésus mort, soutenu par les Saintes Femmes, bas-relief de travail italien.

25 — Sujet mythologique. — Femme nue, agenouillée devant une déesse, au fond des chevaux. — Haut-relief du xviie siècle.

26 — Jolie boîte, forme coquille; sur le couvercle un bas-relief représentant Suzanne et les vieillards; monture en argent.

27 — Figurine agenouillée, Sainte-Marie-Madeleine tenant un vase.

28 — Figurine debout, un saint apôtre.

29 — Rape à tabac du temps de Louis XV, sujet Watteau.

30 — Poignée de couteau de chasse à tête de lion, finement sculptée.

31 — Divers bas-reliefs en os sculpté, provenant de coffrets vénitiens du xiiie siècle.

32 — Bas-relief en buis, chasse à l'ours, d'après une composition gravée de Sadlers.

33 — Deux médaillons d'ivoire, Louis XV et le duc d'Orléans, aégent de France.

34 — Sept autres médaillons, portraits et sujets sacrés

35 — Trois figurines d'ivoire.

36 — Un étui de bois sculpté d'un travail curieux que
nous croyons scandinave.

37 — Grand devant de bahut sculpté aux armes de France
et de Bretagne ; époque Louis XII.

———

38 — *Dix-huit* panneaux, peintures sur fond or, du
xive siècle, provenants d'un rétable.

Faïences et Porcelaines.

39 — Fabrique d'Urbino. — Aiguière de forme très-élégante, l'anse se termine par un mascaron, la panse est
décorée de peintures représentant le Jugement de Pâris.

40 — Même fabrique. — Grande vasque ronde, les anses
sont formées par des serpents enroulés, le décor exté-
rieur est à grotesques sur fond blanc, l'intérieur repré-
sente Joseph expliquant les songes devant Salomon :
Exode · xli.

41 — Fabrique Castelli. — Deux plats à bordures ornés
de Chérubins, dans l'un un paysage, dans l'autre une
femme avec les attributs des Mathématiques.

42 — Même fabrique. — Grande assiette à paysage.

43 — Même fabrique. — Petite coupe, sujet d'après
Berghem.

44 — Même fabrique. — Très-grande plaque rectangu-
laire représentant la Descente de croix, d'après Bar-
roche.

45 — Même fabrique. — Grande plaque semblable à la
précédente, montée au Calvaire.

46 — Grande écuelle de porcelaineavec plateau et couvercle décorée de médaillons à sujets tirés de l'Arioste. Trèsbelle pièce fabriquéeà Nove, près Venise.

47 — PORCELAINE DE SAXE. — Jolie figurine de femme debout et tenant une coquille.

48 — PORCELAINE DE ROUEN. Écrin en chagrin contenant 12 couteaux et 12 fourchettes à manches de porcelaine, rarissimes échantillons de la fabrication rouennaise sous Louis XIV.

Verres de Venise.

49 — Très-joli vase de verre agate avec monture à deux anses orné de mascarons en brouze doré.

50 — Verre à pied élevé, forme calice. Coupe à canneaux tordus, dans le nœud du pied est enfermée une médaille d'argent de Murano appelé *Ozelle*. Les verres de Murano à Ozelle sont rares, on n'en faisait qu'un petit nombre chaque année pour le doge de Venise et les principaux magistrats de la République.

51 — Deux petites caraffes à filigramme d'émail blanc trèsfin et variés.

52 — Deux bols à filigrammes blancs variés.

53 — Grande soucoupe, verre bleu lapis semé d'aventurine.

54 — Deux soucoupes, l'une en verre agate et l'autre en bleu lapis aventurinés.

55 — Deux rondelles à filets bleus et blancs s'entrecroisant.

56 — Très-jolie coupe de verre blanc.

Miniatures et Tabatières.

57 — Boîte ovale à cuvette en bois pétrifié, montée en or.

58 — Autre boîte à cuvette, forme coquille en agate blonde, aussi garnie en or.

59 — Boîte ronde en écaille cerclée d'or ; sur le couvercle un joli fixé d'*Eugenio Bosa*.

60 — Autre boîte, sur le couvercle un petit portrait à l'huile de Cosimo de Médicis.

61 — Autre boîte ronde, dessus un paysage.

62 — La Vierge et l'enfant Jésus, miniature sur vélin dans son cadre en argent ciselé.

63 — Un cadre contenant quinze miniatures à l'huile sur cuivre ; portraits des XVIe et XVIIe siècles.

64 — Autre cadre contenant vingt miniatures à l'huile, portraits des XVIe et XVIIe siècles.

65 — Quinze autres miniatures à l'huile, sur émail et sur vélin, portraits et sujets divers. Ce lot sera divisé.

66 — Grande miniature à l'huile, portrait du prince Eugène de Savoie.

67 — Six miniatures provenant d'une tabatière ovale, représentant des fêtes villageoises, attribuées à Blarenberg et d'une très-grande finesse d'exécution.

68 — Boîte carrée en cuivre repoussé doré et ciselé, Louis XV.

---

69 — Petit modèle d'armure d'enfant avec son bouclier en fer poli orné de clous de cuivre.

70 — Divers pommeaux et gardes d'épées ciselés et damasquinés d'or

Objets divers.

71 — MARBRE BLANC. — Bacchanal d'enfants, bas-relief d'après François Flamand.

72 — MARBRE BLANC. — Vase de forme ovoïde, monté en bronze doré, époque Louis XVI.

73 — MARBRE BLANC. — Buste d'enfant.

74 — ETAIN. — Deux plats en relief représentant Jésus au centre et les Apôtres, sur les bords.

75 — ETAIN. — Deux plats en relief représentant Ferdinand II et Ferdinand III, empereurs d'Allemagne.

76 — ARGENT. — Très-joli médaillon de femme très-finement ciselé.

77 — ARGENT. — Médaillon d'émail, sainte Véronique, entouré de filigramme d'argent.

78 — ARGENT. — Couteau, cuillière et fourchette, travail italien ciselé et doré.

— BRONZE DORÉ. — Tête de canne forme béquille, buste d'homme vêtu à l'oriental.

79 — *Souvenir* en vernis de Martin, orné de deux médaillons à sujets d'enfants, très-finement peints, monture en argent.

80 — OEuf de Pâques vénitien. peint en camaïeu rouge. Le Rémouleur et la Conversation galante, d'après Watteau.

81 — Autre œuf d'un décor analogue.

82 — FER GRAVÉ. — Deux étuis de ciseaux du XVIe siècle.

83 — Drageoir en fer incrusté de fleurs en argent.

84 — Sous ce numéro seront vendus les objets omis au catalogue.

DÉSIGNATION

MÉDAILLES

PAPES

1. **Paul II**. Buste du pape avec l'habit pontifical. ℞. Sans légende, armes de sa famille ; médaille ovale. AE. 4 cent.

2. **Sixte IV**. Son buste à g. avec la tiare. ℞. HAEC. DAMVS. IN TERRIS. AETERNA. DABVNTVR OLYMPO. Le pape sur le siége pontifical reçoit la tiare de saint François et de saint Antoine. AE. 4 cent.

3. **Alexandre VI**. Son buste à g. ℞. CORONAT. Le pape devant le peuple reçoit la tiare de deux cardinaux. AE. 4 cent.

4. **Paul III**. Son buste à dr. ℞. ALMA ROMA. Vue de la ville de Rome. AE. 4 cent.

5. — Son buste à dr. ℞. AN. JOBILAEO. MDL. Église de Saint Pierre, à l'exerg. PETRO. APOST. PRINC. C. AE. 4 cent

6. — Son buste à dr. ℞. ΦΕΡΝΗ. ΖΗΝΟΣ. ΕΥΡΑΙΝΕΙ. Un jeune homme arrosant un lis et retenant un aigle de la main dr. AE. 4 cent.

7. — Même médaille.

8. — Son buste à dr. ℞. Vue de la ville de Tusculum devant les murailles. RUFINA ; à l'exerg. TUSCULO. REST. AE. 3 cent. Ces cinq médailles sont du *Grechetto*.

9. **Jules III**. Buste avec la tiare à dr. ℞. ΚΡΑΤΟΥΜΑΙ. La Prudence sur le rivage arrêtant la Fortune par les cheveux. AE. 3 cent.

10. **Pie V**. Son buste à g. ℞. DEXTERA. TUA. DOM. PERCUSSIT INIMICUM. 1571. Deux flottes aux prises (bataille de Lépante), un ange à la proue d'un des vaisseaux tient un calice et une croix. AE. 3 cent.

11. **Grégoire XIII**. Son buste à g. ℞. DOMUS. DEI. ET. PORTA. COELI. Le Saint-Père ouvrant la porte sainte. AE. 4 cent.

12. — Son buste à g. ℞. VIATORUM. SALUTI. ANN. DNI. MDLXXX. Pont sur un fleuve; au-dessus PELIA. AE. 4 cent.

13. — Son buste à dr. ℞. GREGORIANA. D. NAZIAZENO DICATA. Chapelle de Saint-Grégoire-de-Nazianze. AE. 4 cent.

14. — Buste du pape avec la tiare, bénissant à g. ℞. lég. en huit lignes commençant par IHS. SACERDOS. MAGNUS. AE. 5 cent. Toutes ces médailles de Fréd. et Laur. de Parme.

15. **Sixte V**. Son buste à dr. ℞. QUARTUM. ANNO. QUARTO. EREXIT. 1588. Vue de l'église de Sainte-Marie-du-Peuple et de la porte Flaminia avec un obélisque. AE. 4 cent.

16. **Paul V**. Son buste à dr. ℞. PORTU. BURGHESIO. A. FUN-DAMENT. EXTRUCTO. Vue du port Borghèse; au-dessus, COL. JUL. FANESTRIS. AE. 6.

17. — Son buste à g. ℞. FUNDA. NOS. IN. PACE. Colonne de Sainte-Marie-Majeure dans le ch. A. M. D. C. XIII. AE. 4 cent.

18. **Léon XI**. Son buste à g. ℞. DE. FORTI. DULCEDO. M. D. C. V. Cadavre d'un lion, dans sa gueule un rayon de miel; au-dessus des abeilles. AE. 3 cent. 1/2.

19. **Urbain VIII**. Son buste à dr. ℞. AUCTA. AD. METAU-RUM. DITIONE. Rome assise tenant l'Église du Vatican, à l'exerg. ROMAE. AE. 4 cent.

20. — Son buste à dr. ℞. SECURITAS. PUBLICA. **Plan du fort d'Urbain**; au-dessus saint Pétrone tenant la ville de Bologne. AE. 4 cent.

21. — Son buste à dr. ℞. ORNATO. CONST. LAVACRO. ET. INS-TAURATO. Batistaire de saint Jean de Latran. A l'exerg. ROMAE. AE. 4 cent.

22. **Innocent X**. Son buste à dr. ℞. DECOR. DOMUS. DOMINI. MDCXLVII. Intérieur de l'église de Saint-Jean-de-Latran. AE. 3 cent.

23. — Son buste à dr. avec la tiare dessous. MDCL. ℞. OSTIUM. COELI. APERTUM. IN. TERRIS. Le pape ouvrant la porte sainte. AE. 3 cent.

24. **Alexandre VII**. Son buste à g. avec la tiare. ℞. OSTENDIT. DOMINUS. MISERICORDIAM. IN. DOMO. MATRIS. SUAE. Église de Sainte-Marie-des-Grâces; sur la base : ARICIAE. AE. 6 cent.

25. — Son buste à g. ℞. MUNIFICO. PRINCIPI. ETC. Androclès et son lion au milieu du cirque. AE. 8 cent.

26. — Son buste à g. avec la tiare; dessous, 1661. ℞. lisse. AE. 8 cent.

27 **Clément IX**. Son buste à dr. ℞. AELIO. PONTE. EXOR-NATO. Pont Saint-Ange; dessous, le fleuve personnifié. AE. 9 cent.

28. — Son buste à g. ℞. DILIGIT. DOMINUS. ETC. Vue de la basilique libérienne. AE. 7 cent.

29. **Innocent XI**. Son buste à dr. avec la tiare. ℞. NON. DEFICIET. FIDES. TUA. Saint Pierre assis à dr. 1679. AE. 3 cent. 1/2. (Hamerani.)

30. — Son buste à dr. avec la tiare. ℞. DE. CAELO. PROS-PEXIT. La Justice assise à dr. AE. 3 cent. 1/2. (Hame-rani.)

31. — Son buste à dr. avec la tiare. R⁄. FECIT. PACEM. SUPER. TERRAM. Une femme agenouillée présentant l'encens à un ange sur des nuages. AE. 3 cent. 1/2. (Hamerani.)

32. **Alexandre VIII**. Son buste à dr. R⁄. LAURANTIO. JUST. IN. SS. ALBUM. RELATO., et à l'exerg., PETRO ET JOHANNE, ETÇ. Saint Laurent bénissant. AE. 3 cent. 1|2. (Hamerani.)

33. — Son buste à g. 1689. R⁄. lisse. AE. 10 cent.

34. **Clément XI**. Son buste à dr. R⁄. IN FUNDE LUMEN. Le Saint-Esprit, sous la forme d'une colombe, au-dessus d'un champ. A l'exerg. UT SINT ASPERA IN VIAS PLANAS. AE. 3 cent. (Hamerani.)

35. **Innocent XIII**. Son buste à droite avec la tiare. R⁄. MICHEL. ANGEL. DE COMITIBUS, ETC. Médaille pour l'élection du pape. AR. 3. (Hamerani.)

36. **Benoit XIII**. Buste du pape bénissant à g. R⁄. APOTHEOSIS IN LATERANO. A l'exerg., S. JOAN. NEPOM. M. D. C. C. XXIX. Le Souverain-Pontife proclamant la sainteté de J. Nepomucène. AE. 3 cent. 1|2. (Hamerani.)

37. — Son buste à dr. R⁄. CAROLO. MAGNO. ETC. Statue éques) tre de Charlemagne. A l'exerg. ANNO JUBILEI. MDCCXXV. AE. 4 cent. 1|2. (Hamerani.)

38. **Pie VII**. Son buste à g. R⁄. DIVO. PETRO AD JANICULUM. Chapelle du Bramantes AR. 6 cent. 1|2. (Mercandetti.)

39. Le même en AE.

40. — Son buste à g. R⁄. AMPHIT. FLAVIUM. REPARATUM. Le Colysée à l'exerg. ANNO. A. NATIVITATE CHRISTI CIƆIƆCCCVI. AE. 6 cent. 1|2. (Mercandetti.)

41. **Pie VIII**. Son buste à g. R⁄. INSTITIA ET PAX OSCULATAE SUNT. La Justice et la Paix debout, derrière un lion et un génie, portant la tiare et les clefs de saint Pierre. AR. 4 cent. 1/2. (Cerbrara.)

42. **Grégoire XVI**. HIC SUCCESSOR. S. PETRI, ETC. Buste du
pape bénissant à g. ℞. GREGORIUS XVI, ETC. Vue de
l'église Saint-Pierre. AE 7. (Ranitzy.)

------

43. **Marcel II, Paul IV, Pie V**. AE. 6 pièces.

44. **Paul V, Sixte V, Grégoire XIII**. AE. 5 pièces.

45. **Urbain VIII, Alexandre VII**. AE. 5 pièces.

46. **Alexandre VII, Clément X**. AE. 5 pièces.

47. **Alexandre VII, Clément IX, Clément X.**
AE. 5 pièces.

48. **Eugène IV, Benoît XI, Martin V, Nicolas V, Pie II**. AE. 6 pièces.

49. **Paul II**. AE. 6 pièces.

50. **Paul II, Sixte IV**. AE. 5 pièces,

51. **Jules II, Léon X, Paul III, Pie IV, Innocent XI**. AE. 5 pièces.

52. **Innocent XI.** AE. 6 pièces.

53. **Alexandre VIII, Innocent XI**. AE. 6 pièces.

54. **Alexandre VIII**. Revers variés. AE. 6 pièces.

55. **Alexandre VIII. Clément XI**. AE. 6 pièces.

56. **Clément X, Clément XII, Innocent XIII,
Benoît XIII**. AE. 7 pièces.

57. **Benoit XIV, Clément XIII**. 2 AR et 3 AE.
5 pièces

58. **Clément XIII**. Revers variés. 1 AR et 5 AE.
6 pièces.

59. **Pie VI**. 2 AE, 2 AR et 1 PL. 5 pièces.

60. **Léon XII, Pie VII**. 2 AR et 1 AE. 3 pièces.

61. **Pie VII, Léon XII**. 3 AR. 3 pièces.

62. **Pie VII, Léon XII**. 2 AR et 1 AE. 3 pièces.

63. **Léon XII**. Revers variés. AE. 5 pièces.

64. **Clément XII, Pie VIII**. AR. 3 pièces.

65. **Grégoire XVI**. 1 AR et 4 AE. 5 pièces.

66. **Grégoire XVI**. AE. 5 pièces.

67. **Grégoire XVI**. AE. 5 pièces.

68. **Grégoire XVI. Pie IX**. AE. 5 pièces.

69. **Grégoire XVI**. 1 PL et 7 AE. 8 pièces.

70. **Grégoire XVI**. Variés. AE. 12 pièces.

71. **Grégoire XVI**. 2 AR et 9 AE. 11 pièces.

72. **Grégoire XVI**. 2 AR et 7 AE. 9 pièces.

73. **Grégoire XVI, Pie IX**. 1 AR et 4 AE. 5 pièces.

74. **Grégoire XVI**. Les cascades de Tivoli. AE. 3 pièces.

75. **Grégoire XVI, Pie IX**. 2 AR et 2 AE. 4 pièces.

76. **Pie IX**. 2 AR et 1 PL. 3 pièces.

77. **Pie IX**. 1 AR et 3 AE. 4 pièces.

ECCLÉSIASTIQUES

78. **Frédéric Borromée**. Son buste à g. ℞. COLLE-GISSE JUVAT Trois anneaux liés ensemble avec des instruments de peintre. AE. 11 cent.

79. **Barbo** (Pierre). ℞. HAS AEDES CONDIDIT ANNO CHRISTI, MCCCCLV. Armes du cardinal. AE. 3 cent.

80. **Barberini** (François). ℞. IN HONOREM DEI PARAE VIRG CRYPTAE FERRATAE. Crypte dédié à la vierge. AE.

81. **Farnèse** (Alexandre). Son buste à dr. ℞. FECIT ANNO
SAL MDL. MDLXXV ; à l'exerg. ROMAE. Eglise des jésuites.
AE. 4 1⁞2 cent. (J. V. MILONE).

82. **Grimani** (Marin). Son buste à g. ℞. E. JOVIS CAPITE
SAPIENTIA NATA EST. Minerve sortant du cerveau de Ju-
piter. AE. 6 cent 1⁞2 .

83. **Ludovisi** (Louis). Son buste à dr. ℞. Façade de
l'église de Loyola. AE. 6 cent.

84. **Moroni**. Son buste à g. ℞. VOX DE COELO, autour ET
TENEBRE CUM. ETC. Chaos. AE. 4 1⁞2 cent.

85. **Mussus** (Cornelius). Son buste à dr. ℞. ΟΥΤΩΣ
ΑΕΙ.ΖΗΣΕΤΑΙ. Cygne à g. AE. 6 cent.

86. **Noris** (Henri). Son buste à g. ℞. THEOLOGO CHRONOLOGO
HISTORI ; à l'exerg. ACAD.-PISANA. La ville d'Antioche et
Minerve au pied d'une colonne sur laquelle on voit le
mon. du Christ. AE. 3 cent.

88. **Paulo** (Marco). Son buste à dr. ℞. HOC VIRTUTIS OPUS,
et à l'exerg. OPUS ANTHONIE.MARESCOTO DE FERRARIA.
Marco Paulo assis à g.; à ses pieds une tête de mort.
AE. 10 cent

88. **Ugo** (Mathias). Son buste à g. ℞. TRUTINAE EXAMINE CAS-
TIGATO. Uu balance dans une couronne. AE. 5 cent.
1/2.

---

89. **Borromée** (Charles). ℞. Variés. AE. 4 pièces.

90. **Barbo, Barbieri, Ciapino, Barberin**. AE.
4 pièces.

91. **Colonua, Caesius, Basadone**. AE. 3 pièces.

92. **Concina, Cornelio, Dardanus**. AE. 3 pièces.

93. **Delphinus, Hippolite d'Este. Alex Farnèse, Ferrerius**. AE. 4 pièces.

94. **Fleury, Fornasarius, Gaisruchius, Gatti-naria.** AE. 4 pièces.

95. **Gerdilius Gozzadini, Gradenigo.** AE. 5 pièces.

96. **Litta. Lupo.** 1 AR 1 AE. 2 pièces.

97. **Ludovisi, Migazzi, Mittarelli, Monico, Noris, Portocarrero.** AE. 6 pièces.

98. **Palaeotus, Pirkerio, Quirinus.** AE. 5 pièces.

99. **Quirinus, Romilius.** VARIÉS. AE. 5 pièces.

100. **Rospiglioso, Rovere, Sarpi, Segneri, Sfortia.** AE. 5 pièces.

101. **Spagnolo, Speronius, Squarcina, Testa, Travasa.** 1 AR et 4 AE. 5 pièces.

102. **Turchi, Ugo, Vendramini, Ugolini.** AE. 5 pièces.

103. **Vendramini, Valerius Vidman, Veraz-zano, Zurla.** AE. 9 pièces.

MÉDAILLES FRANÇAISES

104. **Marie de Médicis.** Son buste à dr. avec la colle-rette. MARIA AUGUSTA GALLIAE ET NAVARAE REGINA ; à l'exerg. G. DUPRÉ F. 1624. R∕. Lisse. AE. 10 cent.

105. — Son buste à dr. avec la collerette. R∕. LAETA DEUM PARTU. Cybèle entouré des divinités de l'Olympe. AE. 5 cent. DUPRÉ.

106. — MARIA-MEDICAEA, FRAN. ET NAVARR. R. REGENS. Buste à dr. R∕. CUNCTORUM, VOTIS. CLERIQ. EQUITUM Q. PATRUMQUE. La France couchée, tenant son écusson ; à son côté, un évêque, un jésuite et un chevalier. A l'exerg. GAL-LIA STABILITA 1614. AE. 5 pièces.

107. **Louis XV**. Buste jeune à dr.; dessous, N. R. ℞.
SCHOLAE AUGUSTAE. La Peinture et la Sculpture repré-
sentées par des enfants. AR. 5 cent.

108. **Louis XVI**. Son buste à dr.; dessous DUVIVIER. ℞. NOU-
VELLE JONCTION DES DEUX MERS. Le Rhône, la Saône, la
Seine et l'Yonne se donnant la main. AR. 5 cent.

109. — Son buste à dr. ℞. FURORE. CIVIUM, etc. La France tenant un urne, pleurant près d'un cippe ; dessous. B. D.
B. AR. 4 1/2 cent.

110. **Marie-Antoinette**. Son buste à g.; dessous BAL-
DEMBACH. ℞. PER DUELLIUM FURORIS VICTIMA, etc., écrit
sur un rocher ; auprès, un arbre. AR. 4 cent. 1/2

111. **Napoléon 1ᵉʳ**. 5 pièces. AR et 37 AE. Ce lot sera divisé, ainsi que les suivants.

112. **Restauration**. 14 pièces. AE et 3 AR.

113. **Révolution de 1830**. 7 pièces. AR et 14 AE.

114. **Louis-Philippe**. 12 pièces. AR et 24 AE.

115. **République de 1848**. 5 pièces. AE.

116. **Napoléon III**. 6 pièces. AE.

HOMMES ILLUSTRES FRANÇAIS

117. **Borgasius de Nîmes, Gui Poterius, La
Fayette, Oudinot, Franklin, Montyon,
Masséna, Maurice de Saxe, Ollivier de
Serres, Turenne**. 14 pièces AE et 1 AR.

118. **Affre, Lamartine, Molière, Rouget de Lisle,
Guizot, Montalembert**. AE. 6 pièces.

DOGES DE VENISE

119. **Grimani** (Antoine). Son buste à g. ℞. JUSTICIA ET PAX OSCULATÆ SUNT. La Justice et la Paix se donnant la main. AE. 3 pièces.

120. **Mauro** (Christ.). Son buste à dr. ℞. RELIGIONIS ET JUSTITIÆ CULTOR. En 4 lignes dans une couronne. AE. 4 cent.

121. **Gritti** (André). Son buste à dr. ℞. DEI. OPT. MAX. OPE., à l'exerg. JO. ZACCI.US F. La Fortune debout sur un globe, entouré d'un serpent. AE. 6 cent.

122. — Son buste à g. ℞. DIVI. FRANCISEI. M. DXXXIIII, à l'exerg. AN. SP. F. Eglise de Saint-François AE. 3 1[2 (And. Spinelli.)

123. **Prioli** (Jérôme). Buste à g. ℞. ADRIA. REGI. MARIS, ETC. L'Adriatique assise ; près d'elle, un vaisseau. AE. 6 cent.

124. Son buste à dr. ℞. J. P. AN VIII, MC. II. DI. IIII. ETC. Légende en 5 lignes. AE. 4 cent.

125. **Grimani** (Maria). Son buste à dr. ℞. SUDERA CORDIS. 1595. Le Lion de Saint-Marc. AE. 4 cent.

126. **Cornaro** (Francesco). Son buste à g. ℞. CREATUS. DIE. XVI. MAII M.D.C.L.VI. Les armes du doge. AE. 6 cent. 1/2. Médaille entourée d'un cercle.

127. **Cornaro** (Jean). Son buste à g. ℞. CREAT. A.M.D.C. C.IX. 22 MAII AET. S. LXII. Les armes du Doge. AE. 5 cent.

128. **Morosini** (Franciseus). Son buste de face; derrière des armes et des drapeaux. ℞. ADRIATICI. MARIS. DOMINA ARCHIPELACI. REGINA. L'Adriatique assise entourée des Iles de l'Archipel personnifiées et portant chacune leur nom au-dessus de leur tête. AE. 5 cent. 1/2

129. **Gradenigo**, **Mauro**. **Malipiero**, **Barbarigo**. AE. 4 pièces.

130. **Barbarigo, Lavrédan, Gritti**. AE. 4 pièces.

131. **Contarini, Prioli, Ruzini, Maurosini**. AE. 5 pièces.

HOMMES ILLUSTRES VÉNITIENS

132. **Aemo** (Jean). Son buste à g. ℞. ET PACI ET BELLO M. D. L. XXVII. Mars et Minerve debout près d'un olivier ; à droite, un cheval. Æ. 5 cent. (MARTA-POMEDELLUS VERONENSIS. F.)

133. **Barbarigo** (Thomas). Son buste à dr. ℞. PATRIAE NON SIBI. La Renommée couronnant un doge. Æ. 5 cent.

134. **Savornian** (Jérôme). Son buste à g. ℞. DEFENSUM OSOPUM IN JESU. Savornian tenant la ville dans sa main et couronné par une victoire. Æ. 4 cent. 1/2.

135. **Zane** (Jérôme). Son buste à g. ℞. Saint Jérôme à genoux. A l'exerg. AND. SPINELLI. F. AE. 3 cent. 1/2.

136. **Morosini** (Laurent). Son buste face. ℞. ET MULCTANS ET MUNERANS SEMPER JUSTA. Venise assise à dr., à ses pieds un lion. AE. 9 cent.

137. **Barbarigo** (François). Son buste à g. entouré de renommées, de gantelets, etc. ℞. REGUNT ET ERIGUNT CRETAM. Le Plan de la Crête; audessous. des guerriers, m. d. c. l. IXV. AE 6 cent. 1 2.

138 **Mocenigo** (Louis). Son buste à g. ℞. LIBERAT. NUTRIT CRET. MDCL. La Providence et la Fortune devant le plan de la Crête. AE. 4 cent..

139. **Diedo. Morosini. Marcello. Cornaro. Barbarigo.** AE. 5 pièces.

140. **Duodo. Donato. Barbarigo. Hermolao. Pisani**. AE. 4 pièces.

141. **Justiniani. Superantio. Cornaro. Foscarini. Marcello**. AE. 6 pièces.

142. **Marcello. Buzzacareno. Venier** et sa femme. **Ascanio. Grimani**. AE. 5 pièces.

143. **Schulenburg**. Sa tête à dr. ℞. Vue de Corcyre. L'ILLYRIE RÉTABLIE. AR. 4 et 3. 2 pièces.

144. **Turiaso. Pyrkerio. Marco-Paulo**. etc. AE. 5 pièces.

145. **Marco-Paulo. Pyrkerio. Manin**, etc. AE. 5 pièces.

446. **Manin. Buzzacareno**, etc. AE. 4 pièces.

BELGIQUE ET ANGLETERRE

147. **Rogier**, ministre de l'intérieur. **Bommel**, évêque de Liége. **Willems**, médecin. **Verheagen**, représentant. **Geissel**, archevêque de Cologne. AE. 5 pièces.

148. Vleminckx, médecin. Léopold. Louise d'Orléans. Le duc de Brabant; pièce de 5 francs et de 10 centimes frappées à l'occasion de son mariage. AR. 1 p. AE. 5 pièces.

149. Georges IV. Victoria. AE 2 p. et 2 florins AR.

MONUMENTS DIVERS

150. Hôtels de ville d'**Avdenarde**, de **Bruges** et de **Bruxelles**. AE. 5 cent. 3 pièces.

151. Maison d'arrêt de **Dinan.** Hôtel de ville de **Gand ;** Palais des Évêques de **Liége**. AE. 5 cent., 3 pièces.

152. Hôtel-de-Ville de **Louvain ;** Grand-Garde à **Tournai,** les Halles d'**Ypres**. AE. 5 cent., 3 pièces.

153. Cathédrales d'**Aix-la-Chapelle** (6 cent.), Notre-Dame d'**Anvers** et Saint-Sauveur de **Bruges**. AE. 5 pièces.

154. Le Dôme de **Cologne** (6 cent.). Église collégiale de **Bruxelles**, Saint-Bavou à **Gand**. AE. 5 cent. 3 pièces.

155. Saint-Jacques à **Liége ;** Saint-Rombaut à **Malines ;** Saint-Aubin à **Namur**. AE. 5 cent., 3 pièces.

156. Notre-Dame à **Tongres**, Cathédrale de **Tournai**, la même sous un autre aspect AE. 5 cent., 3 pièces.

157. Notre-Dame de **Paris** Saint-Martin d'**Ypres**. La Cathédrale de **Strasbourg**. AE. 5 cent., 5 pièces.

MÉDAILLES ALLEMANDES

158. **Maximilien**. Son buste lauré avec les cheveux longs. ℞. MARIE DE BOURGOGNE, avec les cheveux relevés ; dans le ch. le monogr. couronné de **Maximilien** et de **Marie**. AE. 4 cent. 1|2.

159. **Charles V. Imp. Caes. Carolus. V. P. F. August. an act. XXXIII**. Son buste à g. avec le petit chapeau, il porte l'ordre de la Toison d'or. AE. 13 cent.

160. — Son buste à dr. tenant un sceptre. ℞. Écusson, de chaque côté un aigle et une colonne ; PLUS VLTRA. AE. 6.

161. **Alphonse**. Son buste à dr. ℞. CORONANT. VICTOREM. REGNI MARS ET BELLONA. Mars et la Victoire couronnent l'Empereur (CH.RUZHIERIMINI). AE.. 7 cent.

162. **Schik. Haynau. Auerswald. Windisch-graetz. Gagern. François-Joseph. L'ar-chiduc Jean. Jellachich. Blucher.** Étain. 13 pièces et 8 en AE.

163. **Médailles révolutionnaires. Blum. Kos-suth. Goeres. Lichnovsky. Erzh. Ronge. Hecker.** 2 pièces AE. et 10 en ÉTAIN.

164. **Autriche. Joseph II et Marie-Thérèse.** AE. **Antoine-Victor.** AR. 2 pièces. **Fr. Ferd. Leo-pold.** AE. 2 pièces. **L'archiduc Réné** AE. I. AR. 2 pièces.— 8 pièces.

165. **François 1ᵉʳ d'Autriche.** AR. 2 pièces et AE. 7 pièces.

166. **François Iᵉʳ et Caroline·** AR. 2 pièces et AE. 6 pièces.

167. **Ferdinand Iᵉʳ.** Æ. 6 pièces.

168. **Ferdinand-François-Joseph.** Æ. 7 pièces.

169. **Prusse.** FRÉDÉRICK LE GRAND. GUILLEMINE. AR. 1 pièce. Æ. 5 cent.

170. **Frédérick-Guillaume III et IV, l'Archiduc Jean.** Æ. 7 pièces.

171. **Ladenger. Antoine - Frédérick. Blücher. Wieland. Luther et Calvin.** Æ. 7 pièces.

172. **Maximien-Joseph. Philippe de Hesse.** Æ. 6 pièces.

173. **Russie.** PIERRE Iᵉʳ. ELISABETH. ANNE. PAUL Iᵉʳ. ALEXANDRE. NICOLAS. Æ. 6 pièces.

174. **Suède**. Christine. Gustave III. Æ. 6 pièces.

175.   —   Christine. Gustave III. Æ. 7 pièces.

176. **Piémont**. CHARLES - EMMANUEL. VICOTOR - EMMANUEL Ier.
CHARLES-FÉLIX. CHARLES-LOUIS et MARIE-THÉRÈSE DE SA-
VOIE. Æ. 6 pièces.

PERSONNAGES ILLUSTRES ITALIENS

177. **Arioste**. LUDOVICUS. ARIOST. POET. Buste lauré à g.
R̸. PRO. BONO. MALUM. Du feu sous une ruche; au-
dessus des abeilles volant. Æ. 4 cent.

178. **Barberini**. MAPH. S. R. E. P. CAR. BARBERIN. SIG. JUST.
PRAE. BONO. LEG. Son buste à g. coiffé du bonnet ;
dessous, G. DUPRÈ 1612. Æ. 9 cent.

179. **Barenti**. Son buste à dr. R̸. ET FLUXERUNT AQUÆ.
Moïse devant les Hébreux fait jaillir l'eau d'un rocher ; dessous E. PIERI. 1706. Æ. 8 cent. 1[2.

180. **Bassi**. (Laura-Maria-Catharina , docteur en philosophie. Sa tête laurée à g. R̸. SOLI. CUI. FAS. VIDISSE. MI-
NERVAM. Minerve avec une lampe éclairant une femme,
qui tient un livre et une couronne ; sur une base, ANT.
LAZARI. FEC. (1732). Æ. 6 cent. 1/2.

181. Même médaille de cette femme célèbre, qui était pro-
fesseur de philosophie et de physique à vingt ans.

182. **Battaglia**. Gian. Ludovico. Battaglia. Son buste à g.
R̸. Cheval marchant à dr. Æ. 4 cent. 1/2.

183. **Bordoni** (célèbre cantatrice). FAUSTINA BORDONI. Son
buste à dr.; dessous, JOS. BROSECETTI. R̸. UNA. AVIS. IN.
TIRRIS. La Musique personnifiée assise sur des instruments. Æ. 8 cent.

184. **Capua**. ISABELLA. CAPUA. PRINC. MALFICT. FERDIN. GONZ. UXOR. Son buste à dr.; dessous, JAC. TREZO. Æ. 7 cent.

185. **Carrara** (Nicolaus de). Son buste à g. ℞. OBIIT. ANNO DO. M CCC XXVI. Écusson. Gravé par Sesto ? Æ. 7 cent.

186. **Carrara** (François de). Son buste à g. ℞. Necat. an. M CCCVI. DIE. XIX. JAN. Écusson surmonté d'un heaume (gravé par Sesto ?) Æ. 7 cent.

187. **Cocchi** (Antoine), médecin, antiquaire, etc. Son buste à dr.; dessous, A. SELVI. F. ℞. INLUSTRANT. COMMODA. VITÆ. La Médecine et les Beaux-Arts assis sur la même base. Æ. 8 cent.

188. **Corilla** (célèbre improvisatrice). Son buste lauré à dr.; dessous on lit : IN. CAPITOLIO. CORONATA. PRID. KAL. SEPT. M D CCL XXVI. ℞. QUI MALECUNT DIEI. Cinq sauvages armés d'arcs et de flèches tirent sur le soleil. Æ. 7 cent.

189. **Cornaro** (Girolamo). Son buste à g. ℞. HELENA SUA MOGLIE. Buste de sa femme à dr. Æ. 4 cent. 1\|2.

190. **Dante**. FLORENTINUS. DANTES. Son buste à dr. ℞. Une Sphère. Æ. 3 cent.

191. **Deudis**. Son buste à g. ℞. A.CCCC.LVII. OPUS. JOANIS. BOLDUS. PICTORIS. Un guerrier debout. Æ. 5 cent. 1\|2.

192. **Este**. ISABELLA. ESTEN. MARCH. MA. Buste à dr. ℞. BENE. MERENTIUM ERGO. Némésis au-dessous du Sagittaire. Æ. 3 cent.

193. **Este** (Sigismond). Son buste à g. ℞. OPUS. SPERANDEI. Un Génie tenant une épée, des balances et une palme. Æ. 8 cent.

194. **Lucrèce Borgia** et **Alfonse d'Este**. LUCRETIA. MED. ESTEN. FERR. PRINCEPS. Buste de Lucrèce Borgia dans un riche costume. ℞. ALPHONSUS. ESTEN, FERRAR. PRINCEPS. Buste du duc à dr. Æ. 4 cent. 1\|2.

195. **Fabius**. FABIUS. VICECOMES. ÆTAT. ANN. ZI. Son buste à g. R̸. HONORE. AQUIRAM. Fabius à genoux, implorant le dieu Mars, qu'on l'on voit sur des nuages. Æ. 6 cent.

196. **Gonzague** (Madeleine de). MAGDELENA DE GONZAGA. MARCHIONISSA, ETC. Son buste à g., avec un collier de perles et les cheveux dans un large réseau. R̸ NIL. FIDE. SANCTIUS. Un livre ouvert et soutenu par des branches de laurier sur lesquelles est un oiseau; à l'exergue. MELIOLUS. DICAVIT. Æ. 5 1[2 cent.

197. **Gonzague**. HIPPOLITA. GONZAGA. FERDINANDI. FIL. AET. AN XV. Son buste à g. R̸. NEC. TEMPUS. NEC. ÆTAS. Femme debout au milieu d'intruments de musique et d'astronomie. Æ. 7 cent.

198. **Grimani**(Pierre). PETRUS GRIMANI EQUIS, etc. Son buste à dr., coiffé d'un bonnet. R̸. Lisse. Æ 6 cent. 1/2.

199. **Hercules II d'Este**. Son buste à g. R̸. MIHI VINDICTA. etc. Hercules debout, frappant de sa massue un homme qui s'enfuit à dr. Æ 3 cent. 1/2.

200. **Jean VII, Paléologue**. Son buste à g., coiffé d'un bonnet de forme élevée. R̸. ΕΡΓΟΝ. ΤΟΥ. ΠΙCΑΝΟΥ ΖΡΩΓΑΦΟΥ. Jean Paleologue à cheval, priant près d'une croix; derrière lui on voit son page également à cheval. OPUS PISANI PICTORIS. Æ 10 cent.

201. **Isote**. ISOTE. ARIMINENSI. FORMA ET VIRTUTE. ITALIE. DECOR. Son buste à dr., avec une coiffure pendante. R̸. OPUS MATHEI. DE Pastis. MCCCCXLVI. Éléphant. Æ. 8 cent.

202. **Lionel**, marquis **d'Este**. LEONELLUS, MARCHIO. ESTENSIS. Sa tête à dr. R. OPUS. PISANI. PICTORIS. Un masque d'enfant à triple visage, entre des cuirasses suspendues à des branches de pins. Æ 6 cent 1/2.

203. **Grimani** (Jean) et **Barbaro**. JOANNES GRIMANI, etc.
Sa tête à g. ℞. MAR. ANTOINE BARBARO ÆDIFICATOR. Sa
tête à g. Æ 3 cent.

204. **Malatesta**. SIGISMONDUS. PANDULFUS DE MALATESTIS. S.
RO. ECLESIE. Buste à g. ℞. MCCCCXLVI. Une Femme couronnée, tenant une colonne brisée; elle est assise sur
un siége orné de têtes d'éléphants. Æ 8 cent.

205. **Le même**. Buste à g. ℞. CASTELLUM SIGISMUNDUM. ARIMI-
NENSE. MCCCCXLVI. Château de Rimini. Æ. 8 cent. (médaille de MATHEO DE PASTIS).

206. **Le même**. Buste à dr. ℞. Sigismond Malatesta, debout,
couvert de son armure entre deux trophées, dans l'un
l'écusson de ses armes; à l'exerg. OPUS. PISANI. PIC-
TORIS. Æ. 9 cent.

207. **Mahomet II**. MAUMHET ASIE AC TRAPESUNZIS. MAGNE QUE
CRETIE IMPERAT. Son buste à g., avec un turban. ℞. La
Crète, Trébizonde et l'Asie captives dans un char
qui est conduit par Mars; à l'exerg. OPUS BERTOLDI, etc.
Æ 9 cent.

208. **Niconitius** (François). Buste à g. ℞. SOLO. PER LEI,
etc. Mercure à côté d'un palmier, Æ II cent.

209. **Noga** (Isabelle). ISABELLA. NOGA. VALM. V. AE. S. XXXXX,
tête à dr. ℞. Ecusson au-dessous, 1566. Æ 4 cent. 1/2.

210. **Orsini** (Nicolas). NIC. URS. PET. ET NOL. etc. Tête à g.
℞. Même lég. Le comte Orsini à cheval et suivi de deux
soldats. Æ 4 cent.

211. **Ortenburg** (Bernard, comte d'). Buste cuirassé à dr.
℞. Sans légende. Guerrier cherchant à brider un cheval en liberté. Æ 3 cent 1/2.

212. **Panigarola**. HIC PIUS ORATOR etc. Buste à g. Æ.
Médaille carrée, 9 cent. de hauteur sur 7 cent. 1/2.

213. **Piccinino** (Nicolas). NICOLAUS, etc. Buste de Piccinino, coiffé d'un bonnet élevé. R̶. N. PICININUS, BRAC-
CIUS. PISAN. OPUS. Le griffon de Pérouse allaitant
deux enfants. Sur le collier : PERUSIA. Æ 8 cent. 1/2.

214. **Pesaro** (Jérôme). HIERONIMUS, etc. Buste à g. R̶.
PADU Æ PRÆFECTUR MDXV, dans une couronne. Æ.
3 cent 1/2.

215. **Pontanus** (Jean-Jove.). JOANNES, etc. Buste à dr. R̶.
URANIA. La Muse debout à dr. Æ 8 cent.

216. **Pavoni** (Victor). Buste à dr. R̶. TADEA PAVONIA, etc.
Buste de femme à g. Æ. 8 cent, 1/2.

217. **Scorciata** (Isabelle). Buste à g. Æ 6 1/2.

218. **Sforce** (Galéas Marie). GALÉAS MARIA SFORTIA, etc. Buste
à g. R̶. FR. SFORTIA, etc. Buste de François Sforce à
dr. Æ 4 cent.

219. **Socrate**. SOCRATES. Tête à dr. Æ 9 cent.

220. **Sylla**. L. CORN. SULLA. COS. Tête à dr. Æ 10 cent. 1/2.

221. **Tite Live**. TITUS LIVIUS. etc. Tête à g. R̶. Sans légende. Un livre dans une couronne formée d'une
palme et d'un rameau d'olivier. Æ 5 cent. 1/2.

222. **Thomas**. THOMAS PHILOLOGUS RAVENNAS. Buste à dr. R̶.
A JOVE ET SORORE GENITA. Un aigle apportant un enfant
à une femme nue et couchée, etc. Æ. 4 cent.

223.   —   THOM. PHILOL. RAVEN., etc. Buste à dr. Dans le
champ 1562. R̶. Mêmes légendes, mêmes types. Æ.
4 cent.

224.   —   THOMAS, etc., même tête. R̶. DABIT DOMINUS.
Le Christ enfant sur un globe. Æ. 2 cent.

225. **Tuscano** (Jean-Louis). JOHANNES, etc Buste à g. R̶.
INCERTUM JURIS CONSULTUS, etc. Dans une couronne.
Æ. 7 cent.

226.   —   Même type. R/. VICTA JAM., etc. Neptune sur son char. Æ. 4 cent.

227.   —   Tête nue à g. R/. Ecusson accosté des lettres L. P. Æ. 3 cent.

228.   —   Même tête. R/. QUID NON PALLAS. Pallas foulant aux pieds un dragon. Dans le champ L. P. Æ. 3 cent.

229. **Torriani** (Janellus). JANELLUS TURRIANUS, etc. Buste à dr. R/. VIRTUS NUNQ. DEFICIT. La fontaine de science, etc. Æ. 8 cent.

230. **Varchi** (B.). Buste à dr. R/. COSI QUAGGIU. SI. GODE. Personnage endormi sous un arbre. Æ. 4 cent.,ovale.

231. **Auguste** d'Udine, poëte. AUGUSTUS. VATES. Tête laurée à g. R/. URANIA, femme nue debout. Æ. 3 cent.

232.   —   Autre semblable. Æ. 3 cent.

233. **Visconti** (Philippe-Marie). PHILIPPUS MARIA ANGLUS, etc. Buste à dr. R/. OPUS PISANI PICTORIS. Le duc de Milan à cheval accompagné de son écuyer, etc. Æ. 10 cent.

234. **Laurus** (?). P. LUCET ALMA VIRTUS, etc. Buste à dr. R/. CEDANTUR A MORTE, etc. 1555 dans une couronne. Æ. 5 cent. 1|2.

PADOUANS

235. **Bassianus** et **Cavineus**. JOANNES BASSIANUS, etc. Deux têtes accolées à dr. R/. MARC. MANTUO. BONAVITI. etc. Tête à g. Æ. 3 cent. 1|2.

236. **Cornaro** (Jérôme). HIER. CORNELIUS. Tête à dr. R/. PAUPERTATIS, etc. M.D.XXXX. Le provéditeur de Padoue faisant une distribution aux pauvres. Æ. 4 cent.

237. **Contarini** (Marc-Antoine). Buste à g. ℞. PATAVINUS, 1540. La ville de Padoue tenant une balance, une corne d'abondance. Æ. 4 cent.

238. **Decianus** (Tiberius). Buste à dr. ℞. HONESTE VIVAS, etc. Le jurisconsulte prêtant serment devant trois personnages. Æ. 4 cent.

239. — Autre semblable. Æ. 4 cent.

240. **Dulcius** (Jean-Vincent). JOANN. VIN. DULCIUS, etc. 1539. Buste à g. ℞. GENIO BENEVOLENTIÆ DULCIS. Figure debout sacrifiant. Æ. 4 cent.

241. **Melsius** (Jean). Buste à dr. ℞. GENIO MELSI. Même type que le précédent. Æ. 4 cent.

242. **Panicus** et **Ludovisi**. HIERONIMUS PANICUS, etc. Deux têtes accolées à g. ℞. GENIO BENEVOLENTIÆ, etc. Même type qu'au n° 240.

243. **Priam**. Βασιλευς πριαμος. Tête à dr. ℞. Τροια. La ville de Troie. Æ. 4 cent.

244. **Passeri** (Marc-Antoine). Buste à dr. ℞. PHILOSOPHIA COMITE REGREDIMUR. Double personnage allégorique. Æ. 4 cent.

245. **Taddin** (Gabriel). GABRIEL TADDIN. BERG. EG. HIER.,etc. Buste à g., etc. UBI RATIO. IBI FORTUNA PROFUGA. 1538. 4 canons. Æ. 4 cent.

246. **Zupouus** (Jean-Paul). Tête à dr. ℞. VIRT. AET. CONS. Aigle posé sur une amphore. Æ. 4 cent.

MÉDAILLES DIVERSES

47. **Agrippa. Ausanus. Aretin. Balbus. Baldacci**. Æ. 5 pièces.

8. **Baldacci. Barberousse. Barzizius** (Hercules). **Barziza** (Alexandre). **Brocaria. Bellini**. Æ. 6 pièces.

249. **Bembo** (Benoist). **Bembo** (Pierre). **Boccace.** Æ.
5 pièces.

250. **Bonfadini. Bordoni** (Faustina). **Borelli** et **Me-
notti. Buzzacareno.** Æ. 4 pièces.

251. **Carbo. Casimir. Castillon. Colomb** (Christo-
phe). **Contarini.** Æ. 5 pièces.

252. **Contarini. Cornaro. Decolalto Dercham.
Doria** (André). Æ. 5 pièces.

253. **Doria** (André). **Fabrini. Farsesius. Ferdinand** de **Mantoue. Fiamma** (Gabriel). Æ.
5 pièces.

254. **Fontana. François IV de Modène.** Æ. 2
pièces. AR. 1 pièce.

255. **Galilée. Gaston d'Etrurie. Grimani** (Pierre).
Grimani (François). Æ. 5 pièces.

256. **Guidi. Grandus. Gravina. Gutemberg.** Æ.
4 pièces.

257. **Gyron. Isote. Jordan II. Lamius.** Æ. 4
pièces.

258. **Lazzarenus. Léopold** de **Toscane. Levianus.**
Æ. 3 pièces.

259. **Sigismond Pandulfvs Malatesta.** Buste à dr.
R̸. ISOTAS ARIMINENSIS. Sa tête à dr. Æ. 10 cent.

260. **Malatesta** (Sigismond). R̸. Variés. Æ. 3 pièces.

261. **Malesta** (Sigismond). R̸. Variés. Æ. 2 pièces.

262. **Manfredus. Marescotus** (Galeas). **Marmi.** Æ.
4 pièces.

263. **Marsilius** (Louis-Ferdinand). **Mauroceno. Médicis** (Laurent). **Médicis** (Julien). Æ. 5 pièces.

264. **Médicis** (Alexandre). **Médicis** (Ferdinand). **Médicis** (Cosme II). Æ. 4 pièces.

265. **Mocenigo** (Thomas). **Muratori. Nicolaï d'Este.** Æ. 3 pièces.

266. **Odescalchi. Otthobonus. Pendalea. Philippe V d'Espagne.** Æ. 4 pièces.

267. **René** (Archiduc). **Rhanusio. Redi. Rezzonico.** Æ. 4 pièces.

268. **Rezzonico. Rosario. Schulenburg. Scipion.** Æ. 4 pièces.

269. **Serassius. Sessa** (Isabelle). **Servita. Sforze** (François). Æ. 5 pièces.

270. **Sessa** (Isabelle). **Simon** (Michel). **Stioetius. Todini. Trivulze** (Joseph et Christine). Æ. 5 pièces.

271. **Vilhena** (Manuel de). **Valarsius. Vincent II, de Mantoue.** Æ. 3 pièces.

272. **Vitelli** (Paul). **Zanotti** (François). **Zanotti** (Eustache). Æ. 4 pièces.

273. POÈTES. — **Alfieri** (Victor). **Bembo. Bianchi.** Æ. 6 pièces.

274. **Dante. Goëthe. Goldoni.** Æ. 4 pièces.

275. **Metastase. Monti. Pétrarque. Le Tasse.** Æ. 6 pièces.

276. SAVANTS.—**Berzelius. Humboldt. Saint-Hilaire.** Æ. 4 pièces.

277. AÉRONAUTES. — **Maffei. Andreani** (Paul). **Zambeccari.** Æ. 4 pièces.

278. ANTIQUAIRES. — **Belzoni. Cicognara. Visconti.** Æ. 5 pièces.

279. MÉDECINS.—**Blumenbach. Manetti. Morgagni. Moscati.** Æ. 5 pièces.

280. — **Porta. Quadrio. Redi. Sacco. Saliceti.**
Æ. 5 pièces.

281. — **Scarpa. Sentin. Stifft** (baron de). Taylor.
Æ. 4 pièces.

ARTISTES, PEINTRES, SCULPTEURS, ARCHITECTES
& GRAVEURS

282. **Appiani. Belli. Beretini.** Æ. 5 pièces.

283. **Brunveschi. Bernini. Buonellicino. Agos-
tino. Bonfadio** et **Partaglia. Bossi. Ca-
gnola.** Æ. 6 pièces.

284. **Carpi. Casarotto. Durer** (Albert). **Ciro-
Ferri.** Æ. 5 pièces.

285. **Cassarotto. Fontana. Ferrari. Grimani.**
Æ. 5 pièces.

286. **Canova.** R̸. Variés. Æ. 7 pièces.

287. — R̸. Variés. Æ. 8 pièces.

288. **Maratte. Michel-Ange. V. Pisanus.** Æ.
3 pièces.

289. **Raphaël, Robusti. Jules Romain. Sa-
limbinus.** Æ. 4 pièces.

290. **Jesi** (Samuel). R. AL SOMMO DISEGNATORE E INCISORE, ETC.
Æ. 7 cent.

291. **Titien.** R̸. Variés. Æ. 5 pièces.

292. **Ucelli. Léonard de Vinci. Titien. Van
Dyck.** Médailles de différentes académies. Æ.
8 pièces.

MUSICIENS, CHANTEURS, CANTATRICES, COMPOSITEURS

293. **Chérubini. Cimarosa. Fabris. Farinelli** (Carlo Broschi). **Glück**. Æ. 5 pièces.

294. **Lalande** (Henriette). **Lassus** (Orlande de). **Mainvielle-Fodor**. Æ. 4 pièces.

295. **Mainvielle - Fodor**. AR. **Malanotte. Marchiosi. Marchesius**. Æ. 3 pièces. AR. 1 pièce.

296. **Marchesii. Mayr. Meyerbeer. Palerini** (Antoinette). Æ. 2 pièces. AR. 2 pièces.

297. **Pasta** (Judith). **Pergolèse. Piccini. Spontini**. Æ. 4 pièces.

298. **Pergolèse. Vigano**. R̥. Variés. Æ. 4 pièces. AR. 2 pièces.

---

299. Médailles du règne de Charles X et de la Révolution de 1830. AR. 12 pièces, Æ. 24 pièces, dans un écrin de maroquin rouge doublé de velours.

300. Médailles du règne de Louis-Philippe. AR. 11 pièces. Æ. 14 pièces, dans un écrin semblable au précédent.

MONNAIES DE VENISE

301. **Pierre Gradenigo**. Ducat d'or.

302. **André Griti**. Demi-ducat d'or.

303. **Pierre Lando**. Oselle.

304. **Pascal Cicogna**. Écu.

305. **Léonard Donato**. Demi-ducat d'or et oselle. 2 p.

306. **Jean Bembo**. Écu.

307. **Nicolas Contarini**. Oselle.

308. **François Erizzo**. Deux écus avec A. Z. 2 pièces.

309.   —   —   Écu avec G. C. **François Molin**. Oselle. 2 pièces.

310. **Dominique Contarini**. Oselle. **Aloïse Contarini**. Écu, G. Z. 2 pièces.

311. **M. Ant. Giustiniani**. Demi-écu, D. T. **François Morosini**. Oselle, 1682. 2 pièces.

312. **Sylvestre Valier**. Oselle, 1695. **Aloïse Mocenigo II**. Écu. P. B. 2 pièces.

313. **Jean Cornaro**. Demi-écu et oselle, 1710-1712. 3 pièces.

314. **Carlo Ruzzini**. Oselle. **Louis Pisani**. Ducat d'argent. A. B et écu. 4 pièces.

315. **Pierre Grimani**. Oselle en or, l'an II.

316.   —   —   Ducat d'argent et oselle. 2 pièces.

317. **François Loredan**. Quart de ducat d'or et ducat d'argent. 2 pièces.

318. — Oselle, l'an VIII et X, 1753. 4 pièces.

319. **Marco Foscarini**. Ducat d'or. Tallero. Demi-écu. 3 pièces.

320. **Aloïse Mocenigo III et IV**. Double-ducat d'or. Ducat d'argent. D. G. Un autre avec L. B. 3 p.

321. — Oselle, 1766, 1767, 1768, 1769, 1771. 8 pièces.

322. **Paul Rainier**. Ducat d'argent, B. C. Un autre avec RR. Tallero, 1787. 4 pièces.

323. — Ducat d'argent, G. F. Oselles variés. 5 pièces.

324. **Louis Manin**. Ducat d'argent. Demi-écu. Oselle.
7 pièces.

325. — Oselles de différentes dates, de 1791-1797. 9 p.

326. **République de Venise**. Pièce de 10 lires et autres.
4 pièces.

327. **Sceaux vénitiens**, en plomb recouverts d'une
plaque d'argent, de **Louis Moncenigo, François Loredan, Louis Pisani**. 4 pièces.

328. PAPALES : **Clément XI, Pie VII. Siége
vacant**, 1667. Id. 1700. Id. 1757, id. 1774. Écus
et demi-écus. 6 pièces.

329. **Urbain VIII, Clément XI, Pie VII**. Ducat et
écus. 3 pièces.

330. **Siége vacant**, 1740, id. 1769, id. 1823, id. 1830.
7 pièces.

331. — 1829, id. 1846. 5 pièces.

332. **Bologne. Edouard de Parme. Orsini.
Victor-Emmanuel Ier. Venise. François Ier
d'Autriche**. Écus, etc. 9 pièces.

333. **Gênes** (République). Quadruple-écu et écu. 2 pièces.

334. **Lombardie** (Gouvernement provisoire 1848). 40 lire
et 20 lire. 2 pièces, or.

335. **République romaine**, 1848. 1 baïoque. 5 sous
de **Milan**. 50 cent. de **Palma-Nova**. Révolution
d'**Autriche**, 1848. Révolution de Pologne, 1831.
8 pièces.

336. **Ferdinand d'Autriche. Raguse. Emmanuel
de Rohan. Marie-Thérèse**. Écus et demi-écus.
5 pièces.

337. **Jean-Georges de Saxe. Louis de Bavière.** Besançon, 1661. **Eystett**. Écus. 4 pièces.

338. **Nicolas**, 1828. 3 roubles. Pièce de platine.

339. Sous ce numéro, on vendra une grande quantité de monnaies et médailles antiques et modernes.

PAPIER-MONNAIE

340. **République romaine**, 1848. 40, 32, 24, 16 et 10 baïoques. 3 collections. Ce lot sera divisé.

341. **Hongrie** (Révolution). Signé **Kossuth**. 100, 5, 2 et 1 florins.

342. **Banque de Law**. Mille livres tournois.

RENOU et MAULDE, imprimeurs de la Compagnie des Commissaires-Priseurs, rue de Rivoli, 144.   40791